Mira cómo he crecido

Alejandra Vallejo-Nágera

ALFAGUARA

© De esta edición:
2003, 2002, Santillana USA Publishing Company, Inc.
2105 NW 86th Avenue
Miami, FL 33122
© Del texto: 2000, Alejandra Vallejo-Nágera
© De las ilustraciones: 2000, Andrés Guerrero

• Grupo Santillana de Ediciones, S. A.
Torrelaguna, 60. 28043 Madrid
• Aguilar, Altea, Taurus, Alfaguara, S. A. de Ediciones
Beazley, 3860. 1437 Buenos Aires
• Aguilar, Altea, Taurus, Alfaguara, S. A. de C.V.
Avda. Universidad, 767. Col. Del Valle, México D.F. C.P. 03100
• Distribuidora y Editora Aguilar, Altea, Taurus, Alfaguara, S. A.
Calle 80, nº 10-23. Bogotá D.C. - Colombia

Alfaguara es un sello editorial del **Grupo Santillana**.
Éstas son sus sedes:
ARGENTINA, BOLIVIA, CHILE, COLOMBIA, COSTA RICA,
ECUADOR, EL SALVADOR, ESPAÑA, ESTADOS UNIDOS,
GUATEMALA, MÉXICO, PANAMÁ, PARAGUAY, PERÚ, PUERTO RICO,
REPÚBLICA DOMINICANA, URUGUAY y VENEZUELA.

Mira cómo he crecido
ISBN: 1-58986-547-2

Diseño de la colección:
José Crespo, Rosa Marín, Jesús Sanz

Editora:
Marta Higueras Díez

Printed in Colombia by Panamericana Formas e Impresos S.A.

03 04 05   10 9 8 7 6 5 4 3 2

Mira cómo he crecido

Las aventuras de Ricardete y Lola

Alejandra Vallejo-Nágera
Ilustraciones de ANDRÉS GUERRERO

ALFAGUARA
INFANTIL

—Mamá, vamos a ver
qué pasó conmigo
antes de crecer.

—Cuando estaba aquí dentro sola,
¿ya habías decidido llamarme Lola?

—¡Mira! Aquí papá corre en pijama,
porque yo voy a nacer de madrugada.

—Ahora estoy con otros bebés
que lloran y gritan también.

—Todos vienen a verme, me traen
regalos y me besan en los cachetes.

—Aquí papá me mece deprisa porque
piensa que me duele la tripa.

—Explícame lo difícil que es ponerme la ropa cuando tengo el pie en la boca.

—Mamá, cuéntame otra vez cómo
era mi primer cuarto y cómo se
llamaba esta muñeca de trapo.

—¡Mira! Aquí ya gateo
y toco donde no debo.

—Comer sola me parece muy divertido,
puedo salpicar y hacer mucho ruido.

—Mamá, ¿qué pasa cuando asusto
a las palomas con mis bromas?

—¡Mira! Aquí le enseño a Ricardete
a lavarse los dientes.

—Y ahora Ricardete llama a su mamá,
para que lo venga a consolar.

—Mamá, cuéntame que el primer día
de colegio, yo voy muy contenta...

...pero en cuanto veo que te marchas,
organizo una pataleta tremenda.

—Ya tengo amigos y juego a ser mayor. Lo que ellos hacen, también quiero hacerlo yo.

23

—¿Ves cuántos juguetes meto en la
bañera? Hay tantos que... ¡casi no
me encuentras!

—¡Mira lo que pasa con la ropa!
He crecido tanto que las mangas
me quedan cortas.

—Mamá, cuéntame otra vez
que en esta función de Navidad
volaba como un ángel de verdad.

—Me gusta jugar en la orilla del mar. Pero, mamá, ¿por qué tengo que aprender a nadar?

—Mi fiesta de cumpleaños fue fenomenal.
Cuando cumpla siete años,
¿podré hacer otra igual?

—Mamá, ahora que ya soy mayor,
¡sácame una foto, por favor!